JN240179
天久鷹央
天才医師にして名探偵。
どんな難事件も鮮やかに解決する。
病院では副院長と部長という
2つの立場があり、とても偉い。
好きな食べ物はカレーとケーキ。
装画：いとうのいぢ

小鳥遊 優
鷹央の部下。まじめで、優しい医師。
いつも鷹央の無茶に
付き合っている。
元々は外科医で、手術の腕も良い。
実は空手の達人。

鴻ノ池 舞
研修医。
一年目の新人ながら明るい性格で、
病院のみんなから好かれている。
天才医師である鷹央に憧れを抱く。

天医会総合病院
天久 鷹央

ジュニア版

天久鷹央の推理カルテ

カッパの秘密とナゾの池

Ameku Takao's Detective Karte

作
知念実希人
装画
いとうのいぢ
挿絵
一束

実業之日本社

もくじ

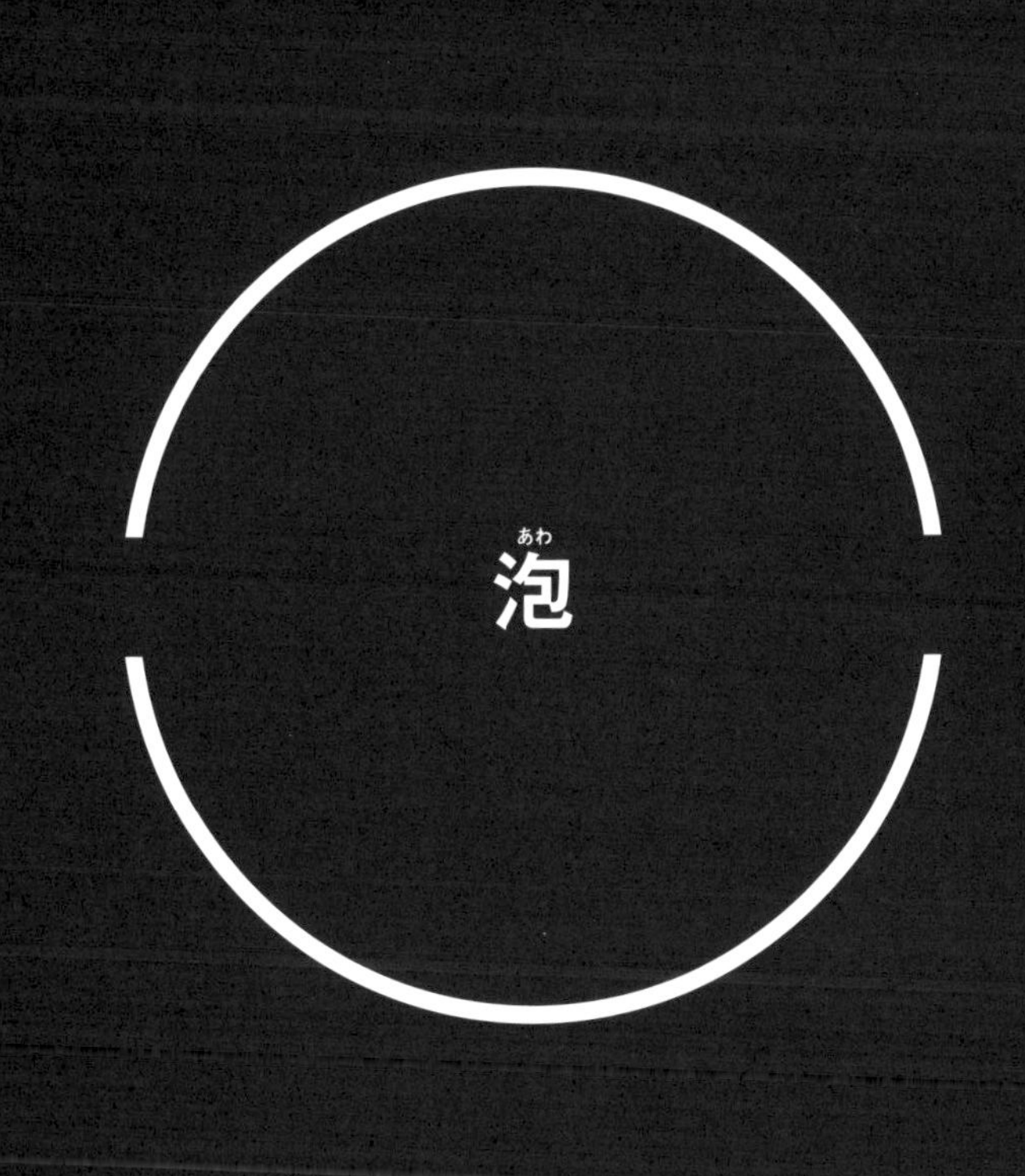

泡

あわ

プロローグ

寒い。前方の茂みを懐中電灯で掻き分けながら、遠藤幸太はぶるりと体を震わせた。そう、僕は寒いから震えているんだ。怖くて震えているんじゃない。幸太は目だけを動かしてあたりを見回す。深夜の雑木林、生い茂った葉が街灯の光をさえぎり、周囲に闇を落としていた。一昨日降った大雨のせいか、足元がぬかるんで歩きにくかった。

「なんだよ、幸太。お前怖いのかよ」

となりを歩く山本俊介が茶化すように声をあげる。

「怖くなんかないよ！」

幸太は間髪入れずに親友の言葉を否定する。しかし、口からこぼれたその声はかすかに震えていた。

こんな所に来なければよかった。俊介の誘いに乗ってこの深夜の肝試しについてきたことを、幸太はいまになって激しく後悔していた。

久留米池公園。直径二キロ、水深は二十メートルを超える巨大な池を中心に広がる、雑木林に遊歩道を整備しただけの広大な公園。昼間は市民の憩いの場として賑わっているが、一度日が落ちると、街灯が少ない公園内部は暗闇に覆いつくされる。

幸太は幼いときから両親に、一人ではこの公園に近づかないように言い聞かせられてきた。特に今いる一番奥まった部分は、日が落ちてからは大人でもまず近づこうとしない場所だ。もし、こんな深夜に家を抜け出してここに来たことがばれたら、どれだけ叱られるか……。

「なあ、知っているか。この公園の噂」俊介が自分の顔を懐中電灯で下から照らす。

「やめろよ。なんだよ噂って？」

「この池、すげえ深いだろ。底の方にな、カッパがいるんだってよ」

わざとらしく声をひそめる俊介の言葉に、幸太は顔をしかめた。その噂はもちろん知っていた。夜になると池からカッパが上がってきて、子どもをさらっていく。この辺りの子どもは、一度はその話を聞いたことがあるはずだ。

くだらない。そんなの子どもをこの池に近づかせないために、大人が作った嘘に決まっている。昔はその話を聞いて怖がっていたけど、僕はもう十歳だ。そんな噂で怖がるほど子どもじゃない。ただ、この深夜の肝試しが親にばれないか心配なだけだ。

「よし、ついたぞ」

俊介の声で、もの思いにふけっていた幸太は我に返る。目の前に巨大な木が、池を背後にして立っていた。通称『雷桜』。数年前に雷の直撃を受け、幹が真っ二つに裂けた桜の枯れ木だった。

幸太は首をそらし、月光に蒼く照らされた不気味な大木を見上げる。この周辺は遊歩道からかなり離れていて、立入禁止となっている。これまでこんなに近くで雷桜を見たことはなかった。その姿に圧倒される。

深夜に雷桜のもとに行き、写真を撮ってくる。それがクラスで数週間前からはやっている肝試しだった。そのミッションをこなした者は、クラス内で一目置かれる存在になる。今日の昼、俊介から二人で雷桜に行くことを持ち掛けられたときは、それがとても素晴らしい計画のような気がした。成功すれば好きな女の子の気を引けるかもしれない、そんな想像が気分を高揚させた。

僕はなんて馬鹿なことを考えていたんだろう。幸太は唇を嚙む。

ふと幸太は、となりに立つ俊介が地面を見下ろしていることに気づいた。

「なにやってるんだよ、俊介。早く写真撮って帰ろうよ」

「あ、あし……あと」

俊介は視線を動かすことなく、震えた声でつぶやく。

「足跡?」

幸太は懐中電灯で地面を照らす。喉の奥からヒュウと笛を吹いたような音がもれた。

ぬかるんでいる地面に、いくつもの足跡が刻まれていた。輪郭がはっきりとはしないものの、それは明らかに普通の人間のものより二回りは大きかった。そして、その大きく広がった指らしき部分の間には、水かきのような跡が残っている。

幸太は震えながら、点々と残されている足跡を懐中電灯で照らしていく。足跡は真っ直ぐに池へと向かい、その縁で溶けるように消えていた。

『カッパ』。その単語が幸太の頭の中ではじける。辺りの気温が急激に下がったような気がした。自分の両肩を抱くようにして体を縮める幸太のそばで、俊介はふらふらと池に近づいて行く。

「俊介、どこ行くんだよ。帰ろうよ。きっと、……きっと誰かのいたずらだよ」

そうだ、きっといたずらだ。そうに決まっている。俊介の後を追いながら、必死に自分に言い聞かせる幸太の鼓膜を、ボコッボコッという異質な音が揺らした。俊介に続いて池の縁まで来た幸太は、反射的に音のする方向に懐中電灯を向けようとする。闇がわだかまる池へと。

「あっ！」

次の瞬間、幸太はぬかるんだ地面に足をとられ、大きくバランスを崩した。それと同時に、幸太の手から懐中電灯がすべり落ちる。

水音とともに池へ落下した懐中電灯は、光を放ったまま水中へと消えていった。幸太の代わりをするように、俊介が自分の懐中電灯で水面を照らす。

泡。光に浮かび上がった水面で気泡がはぜていた。二人は呆然とその光景を眺め続ける。断続的に浮かび上がってくる泡は、次第にその大きさを増していく。

なにかが浮かび上がってこようとしてる？

幸太の全身が硬直する。水中に『なにか』が現れた。光沢のある真っ黒な皮膚。燃え上がるような光を放つ巨大な目。異様に突き出た口元。水面は小さく波打ち、さらに水が濁

っているのでその姿ははっきりしないが、少なくともそれは、幸太がこれまで出会ったことのない『なにか』だった。次の瞬間、水面に黒い手があらわれる。

「う、うわ……うわー!」

悲鳴が上がった。幸太の口からではなく、すぐそばから。

見ると、隣にいたはずの俊介が一目散に逃げ出していた。同時に幸太にかかっていた金縛りも解ける。

「ま、待って……」

ぬかるんで滑る地面に何度も足を取られながら、幸太は必死に両足を動かした。

背後から『カッパ』が迫ってくることに怯えながら。

1

「小鳥遊先生、お電話です」

救急受付の女性事務員が、僕に受話器を差し出してくる。

「誰から?」

「『小鳥を出せ』とのことです」

事務員はいたずらっぽい笑みを浮かべる。答えにはなっていないが、電話の相手が誰かは分かった。この病院で僕、小鳥遊優を〝小鳥〟と呼ぶ人物は一人しかいない。

「鷹央先生、なにか用ですか?」受話器を取った僕は早口で言った。

「仕事はもう終わりだろ。帰る前にうちに顔を出せ」

受話器から若い女性の抑揚のない声が聞こえてくる。僕が所属する『統括診断部』の部長、天久鷹央の声。

四ヶ月前にこの東久留米市全域の地域医療を担う大病院、天医会総合病院に赴任したとき、直属の上司となった鷹央は僕の名字を聞いて、「小鳥が遊べるから〝鷹無し〟って、なんだよそれ」と大笑いしたあげく、「けれどここには〝鷹〟がいるぞ、私は鷹央だからな。だからお前は小鳥遊じゃなくて〝小鳥〟だな」と言いだした。それ以来、僕は鷹央に〝小鳥〟と呼ばれている。まったく、身長百八十センチを越える、大学時代空手部で鍛えこまれた大男の僕には似つかわしくないあだ名だ。

「まだ終わってないですよ。というか、当分終わりそうにありません」

僕は二歳年下の上司に言う。ついさっき続けざまに患者が搬送されてきたので、救急部のベッドは満員だった。

「救急部は十八時で交代のはずだ。お前の仕事は一分二十秒前に終わっているぞ」

「自分で受けた患者は、治療して帰すか、入院させるかするまで終われません
よ。あと一時間ぐらいすればなんとかなると……」
そこまで言ったところで、ガチャンという電話を叩き切る音が聞こえてきた。
僕はため息をつきながら受話器を眺める。どうやら怒らせてしまったらしい。
機嫌悪くなると面倒くさいんだよな、あの人。
もともと、統括診断部の医師である僕を週に一日半、人材不足で猫の手も借
りたがっているこの救急部に出向させたのは鷹央だった。外科医として五年間
の研修を受けた後に思うところあって内科医に転向し、統括診断部にやってき
た僕は、使い勝手のいい〝レンタル猫の手〟として定期的に貸し出されている。
まあ鷹央をどうなだめるかは後々考えればいい。きっと美味いケーキでも持
っていけば機嫌もなおるだろう。僕は受話器を事務員に返すと、救急室の隅に
置かれた電子カルテへと近づいていく。
ボーイッシュな女性研修医が、電子カルテの前に座りキーボードを叩いてい

た。薄く日焼けしているのか、小麦色の肌が救急部ユニフォームの袖から覗いている。

　この鴻ノ池舞という名の一年目の研修医は、先月から救急部で研修をしていて、人懐っこい性格と軽いフットワークで上級医に好評を博している。

　さっきまで、全身の痛みと右手の痺れを訴えて搬送された若い男の入院手続きをしていたため、新しく搬送された二人の患者の診察を鴻ノ池に任せていた。

「どんな感じ？」

　僕の言葉に鴻ノ池は顔を上げる。薄く茶色の入ったショートカットの髪が揺れた。

「あ、小鳥遊先生。えっとですね、一人はホームレスで、バイタルサインは安定していますけどまったく意識がありません。ジャパンコーマスケールで３００です。脳卒中だと思いますんで、緊急ＣＴの準備をしています。もう一人は三十歳の男性で、激しい腹痛を訴えて、さっきからのけぞって叫んでいます。

あの痛がり方は腹膜炎を起こしていると思います。多分、虫垂炎の破裂とか急性胆嚢炎あたりかと……」

ああ、さっきから獣の雄叫びのような声が聞こえるのはそれか。

「そちらの患者にもCTの手配をしておきました。あと、二人とも点滴ラインをとって血液検査も提出しています」

説明を受けた僕は、二、三分かけてカルテを一通り読んでうなずいた。一年目の研修医としては上出来だ。

診察をするため、カーテンで申しわけ程度に仕切られている救急ベッドに向かおうとしたとき、空気がざわついた。スタッフたちが出入り口付近に視線を送っている。つられるように視線を動かした僕の喉から、物を詰まらせたような音がもれた。

そこには外科医が手術の時に着る薄緑色の術着の上下を着込み、その上にサイズの合っていないぶかぶかの白衣を羽織った小柄な少女が立っていた。

いや、少女というのは正しくない。たしかに一見すると高校生、時には中学生と間違えられてしまうような童顔だが、彼女はれっきとした二十七歳の医師だ。しかも父親が理事長を務めるこの病院の副院長にして、一つの診療部の部長を務めていたりする。天久鷹央、僕の上司。

鷹央は軽くウェーブのかかった長い黒髪をがりがりと掻きながら、こちらに近づいて来る。ネコを彷彿させる二重の大きな目は、不機嫌そうに細められていた。

救急室にいるほとんどの者が、手を止めて鷹央を眺める。それも当然だった。一階にあるこの救急室に鷹央が姿をあらわすことはほとんどない。

病院の屋上に建てられた〝家〟と、統括診断部の外来診察室・病室がある十階病棟、それが鷹央の生活圏で、そこから出てくることは稀だった。それゆえ一部の病院スタッフから『座敷童』などと陰で呼ばれ、都市伝説のような扱いを受けている。

「あの、鷹央先生。……どうしたんです？」

僕は目の前に来た鷹央におずおずと言う。

「私が早く仕事を終わらせてやる」

「はい？」

「十八時までに運ばれて来た患者を診ればいいんだろ。あと二人だな。電子カルテを読んだ。その二人ならすぐに帰せる」

鷹央は素足に履いたサンダルを鳴らしながら救急ベッドに向かって歩き出す。

僕と鴻ノ池は一瞬顔を見合わせると、そのあとを追った。鷹央が無造作にカーテンを引く。

「痛え！　腹が痛えよ！　どうにかしてくれよ！」

ベッドの上で若い男が、体を反らせながら大声を上げていた。男の額に浮かぶ脂汗に蛍光灯の光が反射している。

「ペンタゾシンは無いぞ」

男を見下ろすと、唐突に鷹央は言う。

「え？」

ベッドの上で苦悶の表情を浮かべていた男は、口を半開きにして鷹央を見つめた。

「今週は重症患者が多くて、ストックされていたペンタゾシンは全部使いきった。新しく入荷するのは来週だ。普通の痛み止めならあるけど打つか？」

ペンタゾシンは弱オピオイドと呼ばれる強力な鎮痛剤の一種だ。モルヒネなどの強オピオイドとは違い、処方するのに麻薬施用者免許が必要ないため、臨床現場では比較的よく使われる。当然、大量にストックはされており、使い切ることなどまずない。

「……それじゃあ意味ねえじゃねえか！」

男は怒鳴り声をあげて立ち上がると、大股で出口に向かって歩きはじめた。

「やっぱりペンタゾシン依存症だったな」

鷹央は満足げに鼻を鳴らす。麻薬と似た作用を持つペンタゾシンにはそれなりに依存性がある。それゆえ仮病を使って受診し、ペンタゾシンを打ってもらおうとする依存症の者が救急には時々あらわれる。

「なんで……分かったんですか？」

男の背中を眺めながら、鴻ノ池が呆然とつぶやいた。

「腹膜炎とかで腹が強烈に痛む奴は、腹膜の緊張を緩めようと本能的に体を丸くすることが多い。少なくとも海老反りする奴はほとんどいない。痛みが増すからな」

鴻ノ池に視線を送ることもせずに言うと、鷹央は続いて意識障害のホームレスが寝ているというベッドのカーテンを開けた。

「意識が完全になく、しかも眼球が両方とも上転しているってカルテに打ち込んでいたな。それで脳卒中を疑っていると」

鷹央は目を閉じている男に視線を向けながら、そばに立つ鴻ノ池に向かって言う。

ためらいがちに、鴻ノ池は、「はい……」とうなずいた。

「脳卒中でそこまでの症状が出るとしたら、広範囲の梗塞かそれなりの頭蓋内出血があるはずだ。その場合は血圧や脈拍、呼吸状態なんかのバイタルサインも不安定になるのが普通だ。けれど、この男にはそれがない」

ベッドのわきに移動した鷹央は、無造作に男の弛緩した手を持ち上げて男の顔の上に持っていき、そこで手を離した。重力に引き寄せられた手は、男の顔の直前で一瞬停止し、わきへと落下していく。

ああ、なるほどね。二人の後ろで僕はこめかみを掻く。もし本当に意識がなかったり麻痺をしていたら、手は顔を直撃していたはずだ。しかし手は顔を避けて落下していった。つまりは……。

「ほら、お前に意識があるのは分かった。さっさと起きろよ」

鷹央が声をかけるが、男はピクリとも動かない。どうやら意地でも意識障害を装い続けるらしい。

「意識がないなら、食事は出せないぞ。食べられないからな。点滴で水分補給されるだけだ。それよりも狸寝入りをやめて、これをもらった方が良いんじゃないか」

　鷹央は白衣のポケットからクッキーの入った袋を取りだし、男の顔の前で振る。それまで閉じていた男のまぶたがかすかに開いた。男は無言で手を伸ばし、奪い取るように袋を摑むと、のそのそと上体を起こしはじめた。

「受付の事務員に、福祉を受ける方法を聞いていけ」鷹央は受付を指さす。

「いらねえよ、そんなの！」

　男はつばを飛ばして悪態をつくと、ベッドからおりた。

「よし、これで患者はさばけたな。うちに行くぞ」

　振り返った鷹央は僕に向かってあごをしゃくる。

「いえ、あの、さっき体中が痛くて手が痺れるっていう若い男を入院させたんで、そっちの明日以降の検査予約も入れておこうかと……」

「あ？　なんだよそれ。そんな奴を入院させたのか？」

「はあ。体の痛みだけでなく、腕の痺れもあったのが気になって。血液検査でＣＰＫとかの筋酵素の上昇も認めましたし、本人も不安そうだったので……」

「恋人といちゃいちゃしすぎだ」

「はい？」

唐突に飛び出したあまりに意味不明なセリフに、思わず声が裏返る。

「若い男だろ。昨日あたりそいつは恋人といちゃいちゃしていたんじゃないのか？　そして張り切りすぎて筋肉痛や関節痛が出た」

あけすけな鷹央の言葉に、鴻ノ池がはにかんだ。

「いや、でも、腕の痺れが……」

「土曜の夜症候群じゃないか？　恋人といちゃいちゃした後の腕枕なんかで神経が長時間圧迫されて、麻痺を起こす疾患だ。週末の夜に多く発生するから

『土曜の夜症候群』。まあ、昨日は土曜じゃないけどな。明日念のため診察するからそれでいいだろ。ほれ、行くぞ」

鷹央はぶかぶかの白衣をはためかせると、出口に向かって颯爽と歩き始める。

「かっこいい……」

となりで鴻ノ池がつぶやくのを聞きながら、僕は大きくため息をつくのだった。

2

十階建ての天医会総合病院、その屋上の中心に立つ平屋建ての建物。鷹央が理事長の娘という立場を最大限に利用して建てたその〝家〟こそが、僕の所属する統括診断部の医局にして天久鷹央の住みか、というか棲みかだった。

その外壁は赤レンガを積まれて作られ、三角形の屋根はシックな黒い瓦が敷き詰められている。木製のアンティーク調の扉がはめ込まれた玄関のまわりは、色とりどりの花が植えられたプランターが置かれ、花壇のようになっていた。

しかしヨーロッパの童話に出て来そうなファンシーな外見に反して、その室内は不気味な雰囲気をかもし出していた。グランドピアノ、オーディオセット、ソファー、デスクなどが置かれた十五畳ほどのリビング。そのいたるところに、あらゆる種類の書籍がうずたかく積まれ、樹木の

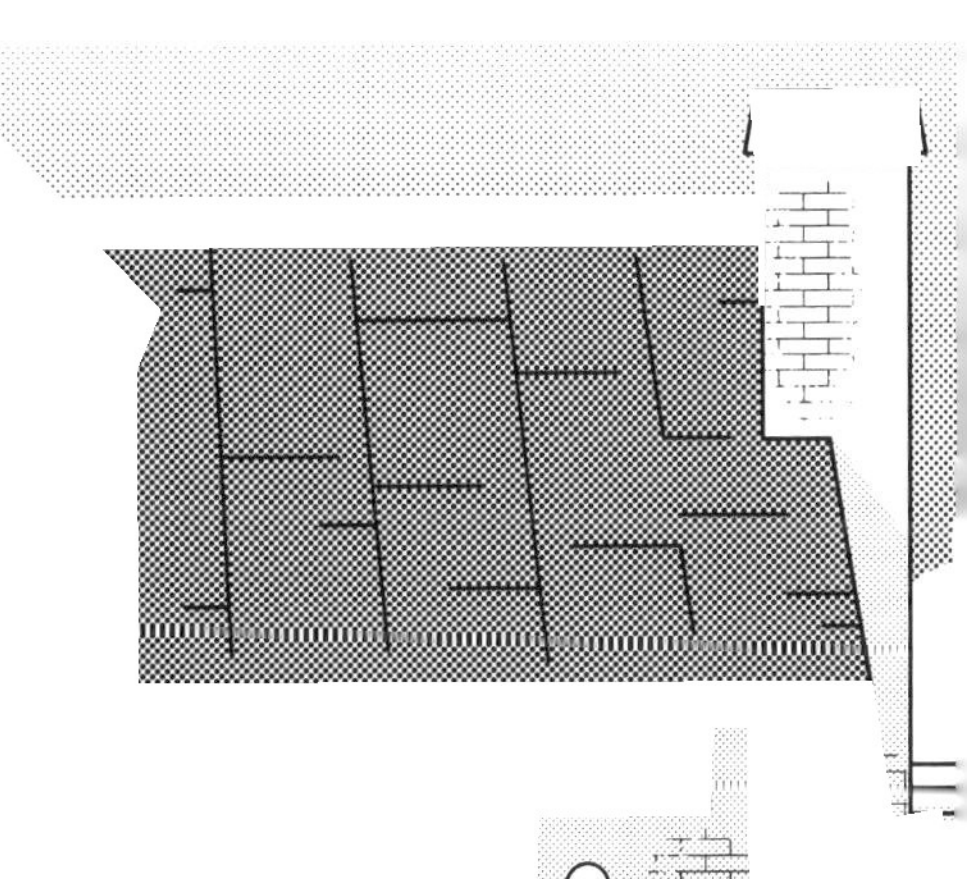

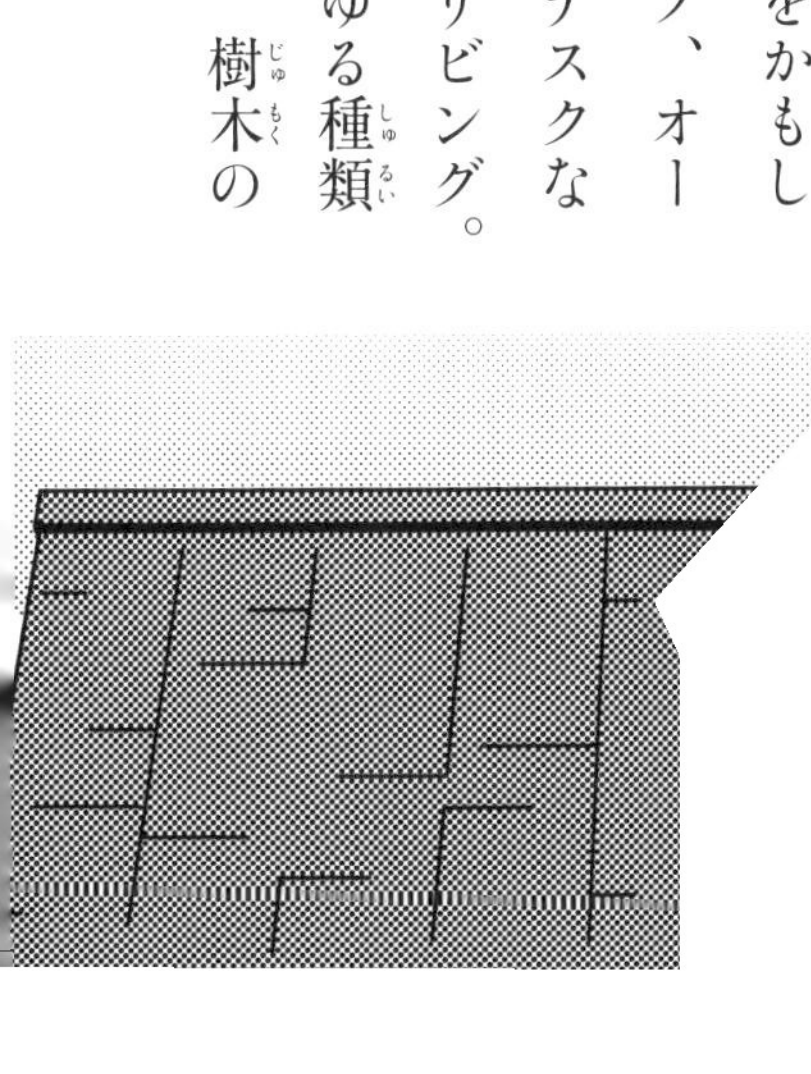

ように立っていた。しかも光に過敏な鷹央は日中はカーテンを引き、夜も最低限の間接照明しか灯さないため、室内は常に薄暗く、魔女の家にでも迷い込んでしまったかのような気分にさせられる。

立ち並ぶ〝本の樹〟はすべて鷹央の蔵書だが、本来はこの部屋に必要無い物だった。なぜなら、それらに記されている情報は鷹央の小さな頭蓋骨の中に、一字一句残らず収納されているのだから。

場の空気が読めない。人付き合いが極端に苦手。光や音に過敏。著しい偏食。すばらしい集中力。多方面にわたる異常な好奇心。音楽や絵画へのずば抜けた芸術的センスなど、いくつもの強烈な個性を兼ね備えている鷹央。特にその記憶能力・計算能力・知能には超人的なものがあった。

病院スタッフの中には、理事長である父親のコネで、鷹央が若くして統括診断部長のポストを手に入れたのだと思っている者も多いらしいが、それは大きな誤解だった。鷹央の膨大な知識に基づいた診断能力は、多くのベテラン医師を擁するこの病院の中でも飛び抜けている。そしてそれを最大限に利用するために、診断が困難な患者を科の垣根を越えて診る『統括診断部』が設立されたのだ。

そして鷹央が〝診断〟を下すのは、複雑怪奇な症状を呈する病人だけではなかった。常にその高性能の頭脳を使う機会をうかがっている鷹央は、かすかにでも〝謎〟の匂いを嗅ぎつけると、無限の好奇心を胸にそれに近づき、解き明かそうとする。たとえそれが陰惨な犯罪がらみの〝謎〟だとしても。

僕がこの病院に赴任してから四ヶ月の間だけでも、鷹央はその圧倒的なスペックを誇る脳髄によって、宇宙人に誘拐されたと訴える男による殺人事件、恐竜に襲われた青い血の男の事件などの大事件から、ちょっとした地域のトラブルまで、様々な事件を解決に導いていた。

公式には鷹央がそれらの事件解決に貢献したことは発表されていないが、人の口に戸は立てられない。特にこのネット社会では。最近ではどこからか鷹央の噂を聞きつけた人々がたびたび、なにを勘違いしたか統括診断部のホームページから、メールで鷹央に捜査依頼をしてくるようになっていた。

統括診断部は探偵事務所ではない。そのような依頼は基本的に黙殺するようにしているのだが、困ったことにそれらのごく一部が、鷹央の心の琴線に触れてしまうことがあった。そんな依頼を見つけると、鷹央は依頼主と勝手に連絡を取り、事件に関わろうとする。そしてその際には、決まって僕が鷹央のサポートをするはめになるのだ。時間外手当をもらうこともなく……。

「それで、今度はどの事件を調べる気になったんですか？」

家に入るなり「メールを見ろ」と言ってソファーで本を読みはじめた鷹央を横目に、僕は『受信メール』のフォルダを開く。三つ四つ、捜査依頼らしきメールがあった。

「当ててみろよ」本を眺めたまま鷹央は楽しげに言う。

「……えっとですね。この『百万円以上するペルシャネコが密室のはずの家から逃げ出した』っていうやつですか？」

鷹央はかなり動物好きだ。しかも、〝密室〟というキーワードに食いつく可能性は高い。しかし反応はかんばしくなかった。本を手にしたまま、鷹央は横目で僕に湿った視線を浴びせかけてくる。

「どうせ飼い主が窓でも閉め忘れたんだろ。そのネコはいまごろ、『ローマの休日』ならぬ『久留米の休日』を楽しんでいるよ」

「それじゃあ、この近くに住んでいる金持ちからの『こそ泥に入られて、純金製の食器数点を盗まれた。それを探して欲しい』っていうやつとか……」

見つけたら礼として、食器の一部を贈呈すると書かれている。

「金の皿で食ったらカレーがうまくなるのか？ 窃盗なんて警察の仕事だろ」

鷹央はつまらなそうに吐き捨てる。

これも違ったか。だとすると……。ふと僕は鷹央の手にしている本のタイトルに視線を向ける。『ＵＭＡ大図鑑』。またわけの分からない本を。あれ？

〝UMA〟ってたしか未確認動物のことだよな。もしかして……。

「もしかして……この小学生が送って来た、『カッパを見た』っていうやつですか」

「ビンゴ！」

鷹央はバンザイするように、本を持ったままの両手を挙げた。

「いや、ちょっと待ってくださいよ。いくらなんでもいまの時代に『カッパ』なんて。こんなの子どものいたずらですよ」

「そのメールよく読んでみろよ。いたずらにしては手が込みすぎだろ」

言われて僕はあらためてメールに目を通す。たしかにその文面からは、小学生が自分の持つ語彙を絞り出し、必死に書いたことがうかがえた。

「どうなんでしょうねえ。このメールだけじゃなんとも言えません」

「だから直接話を聞こうと思ったんだ」

「え、もしかしてここに呼んだんですか？」

「約束だとあと五分二十秒で病院の正面玄関に来るはずだ。お前が迎えに行け」

……僕は小学生を迎えに行くためにわざわざ呼び出されたのか。

「それで僕たち、学校で嘘つきって言われて……。けれど、本当に見たんです！」

遠藤幸太という名の少年は拳を握り、目にうっすらと涙を浮かべながら、一昨日の深夜カッパを見たこと、しかし同級生たちはそれを信じてくれなかったことを語った。

数十分話した印象では、少年は礼儀正しく、年齢のわりに大人びていて、僕たちをだまそうとしているようには見えなかった。少なくともこの少年は『カッパ』の存在を信じている。僕にはそう感じられた。

問題はなぜそんな妄想に取り憑かれてしまったかだ。少年が久留米池公園で経験したことはどこまでが現実にあったことなのだろう？

胸に溜まっていたものを吐き出した少年は、訴えかけるような眼差しを投げかけてきた。僕は助けを求めるように、背後にいる鷹央を見る。蛍光灯の明るい光の下、鷹央は腕を組み目を閉じていた。それだけ見ると眠っているようにも見えるが、それが鷹央が集中して話を聞くときのスタイルだ。

僕たちは少年の話を、病院の十階にある統括診断部の外来診察室で聞いていた。鷹央は最初自分の〝家〟で聞こうとしたのだが、あんな異様な雰囲気の〝本の森〟に多感な少年を入れるわけにはいかない。魔女の家に連れ込まれたと思いかねない。

「あの、先生たちはカッパのこと……信じてくれますよね」

不安げに少年は言う。ようやく鷹央はゆっくりと目を開いた。

「お前が見たものが『カッパ』だったかどうかを議論するためには、まず『カッパ』とはどういうものであるのか定義する必要があるな」

少年は「え？」とつぶやくと、まばたきをする。

「もともと『カッパ』は日本に伝わる未確認動物、つまりはUMAだ。日本全国で伝承されているけれど、地方によってその内容は大きく変わっている。外見は一般的には、緑色の子どものような体躯で、うろこをもち、頭に皿がのっているとされることが多いが、猿のように全身に毛が……」

鷹央は辞典でも朗読するかのようにカッパについての知識を披露しはじめた。

「目撃例は九州・沖縄地方に多く、福岡県の北野天満宮にはカッパの手とされるミイラがあり……」

「先生、ストップストップ。この子、もうついてきていません」

僕は鷹央の言葉を横からさえぎる。気持ちよさそうに頭の中の知識を吐き出していた鷹央は、剣呑な目つきで一瞬僕をにらみつけるが、口を半開きにしている少年を見てつまらなそうに唇を尖らせた。

「つまりお前の話だけじゃ、それがカッパだったのかどうか判断できない」

「……そうですか」

少年はうつむきながら悲しげに言う。信じてもらえず追い払われると思ったのだろう。しかし、そんなわけがないことを僕は知っていた。

「よし、それじゃあ小鳥、行くぞ」

鷹央が勢いよく立ち上がった。

「行くってどこにですか？」

なかば予想はついていたが、とりあえず聞いてみる。

「もう暗いし、この子どもを家に帰さないといけないだろ。その後に久留米池公園だ」

少年は顔を跳ね上げ鷹央を見る。鷹央は心から楽しげに唇の両端を持ち上げた。

「まかせろ。本当にカッパがいるなら、私が見つけてきてやる」

僕の愛車、マツダＲＸ－８に乗って少年を家まで送った僕と鷹央は、その足で久留米池公園へと来ていた。数メートル前にはコートを羽織った鷹央が、暗闇の雑木林の中を足元も見ずすたすたと歩いている。まったく、基本引きこもりのくせに、なんでちょっと好奇心が刺激されるとこんなに活動的になるんだ。

鷹央の背中にはなぜか、野球のバットを入れるような細長いソフトケースが担がれていた。病院を出る前に屋上の〝家〟から持ってきた物だ。

「遅いな。早く来いよ」

「無茶言わないでくださいよ。こんなに暗くて足元がぬかるんでいるのに」

鷹央は光に過敏な反面、フクロウのように夜目が利く。

「たしかにかなり足場が悪いな」

鷹央は足を上げてスニーカーの底を見た。

「昨日も雨だったし、何日か前にはすごい集中豪雨がありましたからね。それにこんな雑木林の中じゃ、日差しもなかなか届かなくて乾きにくいでしょうし」

「ああ、この前の雨はすごかったたな。家が流されるかと思った。屋上から流された家が降ってきたら、みんな驚いただろうな」

とぼけたことをつぶやきながら、鷹央は茂みを掻き分ける。視界が広がり、目の前に月光に照らされた巨大な枯れ木があらわれた。

「これが『雷桜』ってやつですか。なかなか迫力ありますね」

僕は根本まで亀裂が走った枯れ木を見上げる。

「地元じゃあ結構有名だぞ。ちょうど花が満開の時期に雷が落ちたらしいからな。花が燃え上がりながら一気に散ったんだってよ」

「それは壮絶な光景だったでしょうね」

前衛芸術のオブジェのような姿をさらしている大木を見上げる僕の横で、鷹央は背負っていたケースを下ろすと、その中を探りだした。

「なんですか、それは？」

鷹央がケースの中から取り出した物を見て、僕は目を丸くする。

「知らないのか。これは釣り竿というものだ」

鷹央は自慢げに薄い胸を張った。その手には本格的な釣り竿が握られている。

「いや、それは知っていますよ。僕が聞きたいのは、なんでいまそれが出てきたのかってことです」

「釣り竿だぞ、釣りをするからに決まっているだろ」

鷹央はするすると釣り竿を伸ばすと、コートのポケットからキュウリを取り出す。

「……なぜキュウリ？」

「カッパと言えばキュウリだろ」

「あの……、もしかしてカッパを釣るとか言い出しませんよね？」

「言い出すに決まっているだろ」

鷹央は真顔で釣り竿とキュウリを差し出してくる。

「いや先生、カッパなんているわけないでしょ。常識的に考えて……」

「常識？　なんだそれは。いるかいないか分からないから、わざわざここに来て調べるんだろ。カッパだぞ、カッパ！　捕まえられたらすごいぞ！」

目を輝かせる鷹央を前にして、僕は小さくため息を漏らす。我ながら愚問だった。一般的な〝常識〟で鷹央は縛れない。ここで押し問答をしても決して鷹央が折れないことを、僕はこの四ヶ月の付き合いで痛いほどに知っていた。

しかたがない……。僕は脱力しながら釣り竿とキュウリを受け取る。

「あれ、先生はやらないんですか？」

鷹央はソフトケースを折りたたみはじめた。釣り竿は一本しかないらしい。

「私はそのあたりを見てくる。カッパの痕跡でも見つかるかもしれないからな」

「はいはい。あんまり遠くに行かないでくださいよ。危ないから」

「子ども扱いするな、大丈夫に決まっているだろ」

本当に大丈夫だろうか？　たしかに鷹央は夜目は利くが、それ以前に絶望的なまでに運動神経が悪い。凹凸のないはずの廊下でさえ、時々僕には見えないなにかにつまずいて転んだりしている。

「なにかあったら大きな声出してくださいよー」

「うっさい！　子ども扱いするなって言ってるだろ！」

鷹央の姿が消えていった茂みから怒鳴り声が返ってくる。僕は肩をすくめると釣り針にキュウリを突き刺した。

どのくらい経っただろう。頭を空っぽにして釣り糸を垂らす僕が、そろそろ悟りでも開けるんじゃないかと思いだしたころ、がさがさと背後から音が聞こえてきた。

「あ、先生、やっと戻って……」

振り返ってそこまで言ったところで僕は絶句する。顔を含む体の前面を泥だらけにした鷹央を見て。

「……べとべとして気持ち悪い」

顔の泥をぬぐいながら、鷹央はいまにも泣き出しそうな声でつぶやく。

「……何回転んだんですか？」

「……三回」

やっぱりこんな足場の悪いところで動き回らせるべきではなかった。僕はため息をつきながら、ポケットから取り出したハンカチを手渡す。

「それで、なにか分かりました？」

「昨日の雨でほとんど洗い流されているのか、なにも見つからなかった。この前の豪雨の影響もあるんだろうな。その辺りがえぐられているのは、多分その

せいだろ」

　ハンカチで顔に付いた泥をぬぐいながら、鷹央は『雷桜』の根本あたりを指さす。鷹央の言うとおり、その部分は池に向かって根が剝き出しになっていた。これ以上浸食されれば、雷桜はいつか池に飲まれてしまうだろう。

「もう帰りましょう。そんな泥まみれじゃ風邪ひきますよ」

　珍しく鷹央は素直にうなずいた。よほど濡れた服が気持ち悪いのだろう。僕が帰る準備を始めると、鷹央はきょろきょろと周囲を見回しはじめた。

「どうかしました？」

「カッパは釣れなかったのか？」

3

「さて、午前の受診者はもういないな。少し早いけど昼休みにするか」

翌日、午前の外来の仕事を終えた鷹央は、小刻みに上下に揺れながら出口へと向かう。たぶんスキップをしているつもりなんだろうが、足を怪我した子犬のような動きだ。

「……ご機嫌ですね」

鷹央とともに診察室を出ながら僕は言う。

「べつにご機嫌なんかじゃないぞ」

鼻歌まじりに鷹央は答えた。この人は嘘をつくのが絶望的に下手だ。昨夜泥まみれになったのにここまで上機嫌だということは、よっぽど『カッパ』の謎が気に入ったのだろう。きっと、このあとも〝家〟に戻って、その謎と格闘するつもりなのだ。

「あ、先生、待ってください」

僕は屋上へと続く階段に向かう鷹央に声をかける。鷹央はなぜか片足をあげたままの体勢で固まると、「なんだ?」と振り返った。僕はすぐ近くにある病室を指さす。

「せっかく早く診察終わったんですから、昨日僕が入院させた患者の診察を済ませちゃいましょう」

ネコのような大きな目で数回まばたきをくり返した鷹央は、露骨に面倒そうに「ああ、そんなのもいたな」とつぶやくと病室へと向かう。やはり、早く〝家〟に戻りたくてたまらないようだ。大股で病室の中へと進んでいく鷹央に僕も続いた。

四床ある病室の右手前にあるベッドに、昨日入院させた男が横になっていた。

「あ、ども」

男は僕を見て、首をすくめるように会釈する。いかにも〝今時の若者〟といった風情の男だった。日焼けサロンにでも通っているのか、十一月だというのに浅黒い肌をしている。いや、目のまわりの日焼けが薄いところを見るとスキー焼けか？　僕なんて医者になってからまともに旅行など行けていないのに、羨ましいことだ。

「入院着を脱げ。診察する」

鷹央はベッドに近づいていくと、なんの前置きもなく言った。

「え、あの……この人、誰っスか？　看護師さん？」

「いや、看護師じゃなくて、僕の上司。統括診断部の部長だよ」

「部長？　この人が？」男はいぶかしげに鷹央を見ながら入院着を脱ぐ。

「体の痛みと腕の痺れだったたな」

鷹央はごつい時計をはめた男の浅黒い腕を打腱槌で叩き、腱反射を調べはじめた。

「なにか最近、激しいスポーツとかしたか？　原因に心当たりはないか？」

「えっ、スポーツっスか？　……いやぁ、べつに。……先週スキー行きましたけど」

やっぱりスキー焼けだったか。嫉妬を込めて僕が男を眺めていると、鷹央は突然振り返って僕を見た。

「あ、小鳥。明日、『雷桜』周辺の池の底をさらうことにしたから、つきあえよ」

「はい？」

診察中になにを言っているんだ？

「だから、久留米池の雷桜辺りの池底をさらって調べるんだ。カッパが棲んでいるなら、なにか出てくるだろうからな。脱皮した皮とか」

カッパって脱皮するのか？

「どうやって池の底なんてさらうんです？　いや、それよりまず診察……」

鷹央にはこういうところがある。なにか思いつくと、場の空気を読まずに突

発的に行動を起こしてしまうのだ。

「専門の業者を雇うことにした。明日の昼にはできるらしい。かなり金はかかるけど、カッパがいる証拠を見つけられるなら安いもんだ」

「あの……カッパってなんスか？　俺の病気に関係あるんスか？」

男が不安げに訊ねてくる。それはそうだろう。診察していた医者がわけの分からないことを口走っているのだから。鷹央は思い出したように男を見下ろした。

「お前、最近女といちゃいちゃして、そのあと、腕枕したか？」

「は？　え？　なに言ってるんスか？」

「ああ悪い、相手が女とは限らなかったな。相手が男でも良いから、最近恋人といちゃいちゃして、そのあと腕枕をしたか聞いているんだ。もししていたなら、原因はそれだ。すぐに退院して良いぞ」

鷹央はどこか楽しげに言う。男は十数秒沈黙すると、目を伏せながらためらいがちに口を開いた。

「……しました。二日前に彼女と」

マジかよ……。

「それなら筋肉痛はすぐに治る。神経障害も一ヶ月ぐらいで回復するだろうな。小鳥、すぐに退院の手続きを取ってやれ。私は〝家〟に戻っている」

振り返った鷹央はにやにやしながら、唖然としている僕に言う。分かったから、そのドヤ顔を引っ込めてくれ。

「明日じゃなかったんですか？」

暗闇の中、濡れた地面に敷いたビニールシートから臀部に伝わってくる冷たさに辟易しながら、僕はとなりで体育座りをしている鷹央に話しかける。

「ん、なんの話だ？」

鷹央は僕を見ることもせず、視線を固定し続ける。立ち並ぶ木々のすき間からのぞく、十数メートル先の『雷桜』に。

「だから、池の底をさらうのは明日だって言ってたじゃないですか」

カッパ釣りをさせられた翌日の深夜、なぜか僕は二日連続で久留米池公園に来て、茂みに身を潜めていた。僕は疲労を吐息に溶かしながら、左手首の腕時計に視線を落とす。遠くにある遊歩道の街灯の明かりがかすかに届くだけのこの場所では、顔から数センチのところまで時計を近づけないと針が読めない。二本の針は、文字盤の頂点で重なろうとしていた。間もなく日付が変わる。ここに来たのが二十時過ぎだから、すでに四時間近くもここに潜んでいることになる。寒さが骨身に染みた。

「今日来ないとは言っていないだろ」

「そうですけど……。いったい僕たちはなんで、こんな所で隠れているんですか？」

僕はこの数時間、何度もくり返した質問を口にした。

「だから何度も言っているだろ。カッパを待ち伏せしているんだ」

そう、鷹央は数時間前、業務が終わって帰ろうとしていた僕を「カッパ狩りに行くぞ」と拉致してここに連れてきたのだ。鷹央が本気でカッパの存在を信じているのか、それとも質問をはぐらかしているだけなのか判断がつかない。僕はこの数時間でどれだけついたか分からないため息の回数を一回増やした。

「……来たぞ」鷹央がささやくように言う。

「来たって、なにが、ぐふぉ……」

平手で叩きつけるように僕の口を塞いだ鷹央は、残った手の人差し指を立て、ゆっくり

と前方に向けた。いったいなんなんだ？　僕は鷹央が指す方向に視線を向ける。鷹央の手のひらの下で、僕の口からうめき声がもれた。

僕たちが潜んでいる場所と雷桜を挟んで反対側の茂みから、黒い影が這い出した。僕の目はなんとか、暗闇に浮かぶいびつなシルエットを捉える。やけに細く長い四肢、背中に飛び出た筒状の物体、くちばしのように突き出た口元。その姿はまさに甲羅を背負った『カッパ』のように見えた。

『カッパ』はきょろきょろと周囲を見回すと、這うように池に近づいて行く。その顔の周辺で光がともる。次の瞬間、『カッパ』はおも

むろに池の中に身を躍らせた。

『カッパ』の姿が水中に消えると鷹央は立ち上がり、わずかな躊躇も見せず池に近づいて行った。鷹央を一人にはできず、僕も池に近づくと、鷹央と並んで『カッパ』が消えた水中に視線を向ける。水面ではボコボコと細かい気泡がはじけていた。

「先生、いまのって……」

「見ただろ、あれが『カッパ』だ」

「カッパって……。あの、それで……これからどうします？」

「なに言ってるんだ。カッパ狩りにきたんだぞ、捕まえるに決まっているだろ」

混乱する僕に向かって鷹央は言い放つ。

「捕まえるってだれが？」

聞かずとも答えは分かっていたが、それでも質問せずにはいられなかった。

「お前に決まっているだろ」

「できるわけないでしょ！」

「大丈夫だ。得意の空手があるだろ。体格でもお前が圧倒している」

鷹央はバンバンと僕の背中を平手で叩く。

たしかに大学時代の六年間、空手の稽古に明け暮れたが、それはあくまで人間を相手に想定したものだった。牛や熊と戦った空手家はいても、カッパを相手にした空手家など聞いたことがない。

さらに反論を口にしようとしたところで、ボコッという一際大きい音が鼓膜を震わせた。身を固くした僕は、闇がたゆたう水面に視線を向ける。のぼってくる泡が大きくなっている。水中から光が見えてきた。『カッパ』が浮上してきている？

「戻ってくるぞ」鷹央がかすかに緊張をはらんだ声で言う。

池の中からこちらに向けて光が放たれる。それほどの光量ではないが、暗闇に慣れた目にはそれでも刺激が強かった。

水中に影が見えはじめる。最初に見えてきたのは円盤状の物体だった。

皿？　僕は細めた目をこらす。たしかにそれは〝皿〟だった。直径二十センチぐらいの皿を手にした黒い影が、逆光の中しだいにはっきりと見えてくる。

あれが有名なカッパの皿？　けれどカッパの皿は手ではなく頭についているものではないのか？

水中から伸びた黒い手が岸をつかむ。僕は無意識に膝を曲げ、重心を落として臨戦態勢をとった。

水音とともに上陸した『カッパ』は一度体をびくりと震わせると、ゆっくりと顔を上げた。その顔から放たれる光に目がくらむ。

次の瞬間、『カッパ』が右手に持った皿を振りあげ飛びかかってきたのを、まぶしさに細めた僕の目がなんとか捉えた。皿が僕の側頭部に向かって振り下ろされる。

考える前に体が勝手に反応した。振り下ろされてきた手を左前腕で受け止めると、僕は『カッパ』のみぞおちに向かって中段正拳突きをたたき込んだ。拳頭に内臓がひしゃげる感触が伝わって来る。

『カッパ』はくぐもった呻き声をあげながら崩れ落ちた。その手から皿がこぼれ、口元から〝くちばし〟が剝がれ落ちる。

顔に向かって放たれていた明かりが逸れ、ようやく『カッパ』の全身をはっきりと見ることができた。僕の口から「え……?」という戸惑いの声が漏れる。

「やり過ぎな気もするけど、まあ相手から殴りかかってきたから止当防衛だな」

全身を覆う黒いウェットスーツを着込み、酸素ボンベを背負ったダイビング姿の男を見下ろしながら、鷹央は上機嫌に言った。

＊

『カッパ』の正体はダイバーだった。〝くちばし〟はレギュレーター、〝甲羅〟は酸素ボンベ、〝光る巨大な目〟は額につけたヘッドランプで、全身を包むウエットスーツが黒い皮膚のように見えていただけだった。

いったいどういうことなんだ？　こいつはなんで深夜の公園でダイビングをし、僕を見て殴りかかってきたんだ？

腹を押さえて倒れる男を見下ろしながら、僕は混乱した頭を振る。隣では鷹央がコートのポケットからスマートフォンを取り出し、誰かに電話をしていた。

「ああ……、そうだ。……そう、『雷桜』のところだ。ああ……すぐに来い」

「誰に電話したんですか？」

「成瀬だ。近くで待たせてあった」

「……成瀬刑事を待機させていたんですか」

成瀬隆哉はこの周辺の所轄署である田無署に勤める、僕と同年代の刑事だ。

僕が天医会総合病院に赴任してすぐの頃に院内で起きた、『宇宙人に誘拐され

た』と訴える男が犯した殺人事件、それを鷹央が解決した際に捜査に当たっていたのが成瀬だった。その事件で顔見知りになって以来、犯罪がらみの事件に関わると、きまって鷹央はいいように成瀬を利用しようとする。鷹央に関わる度に、あごで使われる屈辱と、鷹央が解決した事件を自分の手柄にできるというメリットの間でゆれ動く、悩み多き男。

「ああ、ぶつぶつ言っていたけど、この男を逮捕できるって言ったら話に乗ってきた」

鷹央はしゃがみ込むと、腹を押さえてうめき声を漏らす男の顔をのぞき込む。

「逮捕？　あの、そもそもこの人、誰なんです？」

「なに言ってるんだ、十二時間二十八分前に会っているじゃないか」

そう言うと、鷹央は倒れている男に近づき、その顔から無造作にヘッドランプごとゴーグルを剝ぎ取った。若い男の浅黒い顔が、わきに転がったヘッドランプの光に照らされる。

「え……？　君は……」

男の顔を見て言葉を失う。たしかに僕はその男を知っていた。

昨日僕が入院させ、昼に鷹央が退院させた、全身の痛みと腕の痺れを訴えていた男。

「潜水病だ」鷹央が唐突に言う。

「え、なんですか？」

「この男の痛みと痺れの原因だよ。『潜水病』、ダイビングなどが原因で起こる減圧症だな。潜水中に血中に溶けこんだ窒素が、急浮上などで周囲の圧力が急速に低下することによって体内で気泡化し、障害を起こす。症状はベンズ症状と呼ばれる四肢の関節痛や筋肉痛を筆頭に、痺れ、筋力低下、めまい、難聴、耳鳴り、呼吸困難、胸痛、発疹など様々だが、多くのケースに痺れなどの神経症状を認める。簡単に言えば体内でできた『泡』による障害だな」

鷹央は立ち上がると、『潜水病』の知識を朗々と語り出す。

「今朝この男を診察した時、すぐに潜水病を疑った。この男、顔や手の甲はかなり日焼けしているけど、体はそれほどでもない。そして目のまわりも日焼けが弱い。ウェットスーツを着てゴーグルをつけた状態で日焼けしたからだ。スキーじゃなく、海外でダイビングでもしたんだろうな。ついでに言えば、腕時計もダイバーがよく使う完全防水で、かなりの水圧にも耐えられるやつだった」

診察の時、そこまで見ていたのか。

「潜水病の診断は本来簡単だ。問診でダイビングしたことをつきとめれば良いんだからな。逆に言うと、患者がそれを話さないと、検査だけでは診断はまず不可能だ」

鷹央は足元に倒れる男に視線を向ける。

「今朝、私はこの男に『最近、激しいスポーツとかしたか？　原因に心当たりはないか？』って聞いた。けれどこの男はダイビングのことを一言も言わなかかった。そこで私は気づいたんだよ、この男こそ『カッパ』の正体で、事件の犯人かもってな」

鷹央は『QED』とでもいうかのように、人差し指を立てた左手をふった。

「あの……潜水病は分かりましたけど、……事件って？」

満足げに胸をそらす鷹央に、僕はおずおずと訊ねる。鷹央はなにやらすべてを説明した気になっているようだが、少なくとも僕には状況がまったくつかめていない。

「……お前、バカか？」

これ見よがしにため息をつくと、鷹央はしゃがみ込み、男の手からこぼれ落ちた皿を手にとる。それは池の底にあったためか、泥と薄く張った藻で汚れていた。

人差し指を立てると、鷹央は皿の表面を強めにこすった。汚れが削ぎ取られ、その下から暗い中でもはっきりと分かるほどの光沢があらわれた。金色の光沢が。

「それって、もしかして金の……」

「ああ、うちにメールで相談があった件だ。相談してきた奴に今日電話して聞いたら、七日前の深夜にリビングの窓を割られて、こそ泥に入られたってことだった。警報装置が鳴ったんで犯人はすぐに逃げ出したが、その際にリビングに飾ってあった純金製の食器をいくつか盗んでいったらしい。まったく、食器は飾るもんじゃなくて飯をのせる物なのにな。そのあと、住人からの通報を受けた警察によってすぐに周辺の捜査が行われた。食器はそれなりの荷物になる。そのままでは見つかってしまうかもしれないと思った犯人は、食器を隠そうとした。目印がある場所にな」

僕はそばにある雷桜を見上げた。

「そうだ。ここはこそ泥に入られた家からそれほど離れていない。犯人はまずこの公園に逃げ込んだ。そして、これだけ目立つのにほとんど人が近づくことのない『雷桜』に目をつけ、ほとぼりが冷めてから回収するつもりでその根元に食器を埋めて隠した。悪くない判断だ。けれど誤算があった」

「この前の集中豪雨ですね」

ここに至れば、察しの悪い僕にも事件の全容が見えてくる。

「ああ、この前の豪雨で、雷桜の根元は埋めておいた食器ごとえぐられた。お宝は池の底だ。この池の水深は二十メートルを超える。普通ならここで諦めるところだ。けれど、ダイビングに自信のあったこの男は潜水して回収することにした」

まだ腹を押さえて倒れている男は、鷹央を見上げ唇を噛む。

「そこで次の誤算だ。ちょうどこいつが潜水しているときに小学生が肝試しにやってきて、池に懐中電灯を落としてしまった。水中で光に照らされたこいつはパニックになり、おもわず急浮上をしてしまった。それが原因で体内で窒素の気泡が生じ、潜水病になったんだ。最初はがまんしていたけれど、症状が改善しないんで不安になって救急車を呼んだんだろうな。そうしてこいつはうちの病院に搬送されたんだ」

歌うように鷹央はしゃべり続ける。昼にこの男を診察した時、鷹央は事件の真相に気づいたのだろう。そして、明日池の底をさらうとデマを口にしたうえで退院をうながし、今晩この男がここに来るように仕向けた。相変わらず恐ろしいまでの頭の回転速度だ。

「さて、なにか反論はあるか？」

話し疲れたのか大きく息を吐くと、鷹央は男に向かって言った。鷹央を見上げる男の表情筋は弛緩しきっていて、推理が完全に正しかったことを如実に物語っていた。次の瞬間、男はばね仕掛けのおもちゃのように勢いよく立ち上がると、茂みに向かって走り出した。さすがに腹のダメージも抜けていたらしい。慌てて僕が追いかけようとした時、壁に衝突したかのように男がはね返ってきた。

「……この男が先生の言っていた犯人ですか？」

茂みの奥からのっそりと田無署の刑事、成瀬の熊のような巨体があらわれる。

成瀬は倒れている男の腕を掴むと、強引に立ち上がらせた。

僕の正拳をくらったり成瀬にはね飛ばされたりと、不幸な犯人だ。

「ああ、そうだ。その男が悪趣味な食器を盗んだ犯人だよ」

鷹央は腕を掴まれたままがっくりとうなだれる男に近づき、下から睨め上げる。

「おとなしく逮捕されて、しっかり高圧酸素療法を受けるんだ。それほどひどい潜水病じゃないから、後遺症なく完治できると思うぞ。よかったな」

＊＊＊

「そう言えば成瀬さんから聞きました？　あの犯人、自供を始めたらしいですね」

「ふぁんにん？　だふぇのこほだ？」

リスのように頬を膨らませた鷹央が、もごもごと口を動かす。

「口に食べ物を詰めたましゃべらないでくださいよ。あれですよ、『カッパ』の男」

「ああ、そんな奴もいたな」

事件が解決してから数日後、昼休み中の僕はサンドイッチを片手に、鷹央の〝家〟でパソコンの前に座っていた。背後では、ソファーに座った鷹央がカレーライスをぱくついている。超偏食の鷹央は基本的にカレーか甘味以外は口にしない。

「幸太君からお礼のメールが来ていますよ。カッパはいなかったけど、おかげで嘘つきの汚名が晴れたって。先生のこと天才だって書いてありますよ」

茶化すように言うと、唇の端にカレーをつけた鷹央は不思議そうに首をかたむける。

「私が天才なのは当然だろ。わざわざ指摘する必要はないぞ」

苦笑しながら肩をすくめる僕をどこか不愉快そうに一睨みすると、鷹央は唇を尖らせながら手元を凝視する。

「どうかしました？」

「いや、やっぱり特別な皿で食べてもカレーの味は変わらないな。持ち主から『お礼に』って押しつけられたけど、やっぱり返すかな」

カレーが盛りつけられた黄金に輝く皿をまじまじと見つめながら、鷹央はつぶやくのだった。

蜜柑と真鶴

「蜜柑狩りをしてもらいます！」

「絶対に嫌です！」

ある春の日の午後五時過ぎ、天医会総合病院の屋上に建つ〝家〟では、天久真鶴と鷹央の姉妹がそんな会話を交わしていた。

時刻は午後五時を少し回ったところだ。僕、小鳥遊優が上司である天久鷹央とともに午後の外来を終えて〝家〟に戻ると真鶴が待っていて、鷹央に蜜柑の実を枝から切り離すための武骨なハサミを差し出したのだった。

「あの、真鶴さん。蜜柑狩りってなんのことですか？」

僕が訊ねると、真鶴はどこまでも整ったその顔に蕩けるような微笑を浮かべた。

「うちの病院の庭園に、蜜柑の木があって、この時期になると実をつけるんです。それを収穫して、小児病棟に入院している子どもたちにふるまうのが、うちの病院の伝統行事なんです」

「ああ、なるほど。それは良いですね」

小児科病棟には多くの子どもが入院している。その中には、持続的な医療ケアが必要で、長期間入院せざるを得ない子どもも少なくない。そんな子どもの精神的なサポートと、学習の遅れを防ぐため、小児科病棟では院内学級が設置され、教育が行われていた。

子どもの成長には勉強だけでなく、様々な経験が重要だ。院内学級では定期的に、職員やボランティアによる季節にちなんだイベントが行われる。蜜柑をふるまうのも、きっとそんなイベントの一環なのだろう。

「それは知っているよ。でも、なんで私が蜜柑狩りをしないといけないんだ。

いつもは小児科病棟のスタッフがやってるじゃないか」
文句を言う鷹央を、真鶴がじろりと睨む。
「鷹央、あなたこの前、病院あてに届いていたお中元のお菓子をあさっている
のを私が見つけたとき、『なんでもするから許して！』って叫んでいたわよね」
この人、そんなことをしていたのか……。
頬を引きつらせる鷹央を眺めながら、僕は呆れかえる。
「あのときあなたが言った『なんでも』が、この蜜柑狩りです」
真鶴は両手を腰に当てた。細身でありながら、百七十センチを超えるモデル
のような体形の彼女にはやけにそのポーズが似合っている。
「で、でもあのとき、姉ちゃん全然許してくれなかったじゃ……」
しどろもどろで鷹央が抗議をすると、真鶴は「あ？」と地の底から響いてく
るような声を出す。それだけで、鷹央は「ひっ」と小さな悲鳴を上げて両手で
頭を抱えた。

「もちろん、やってくれるわよね」

真鶴は柔らかく微笑む。だが、鷹央を睥睨するその目だけは危険な光を宿していた。

「分かったよ。やればいいんだろ、やれば。けど、かなりの量の蜜柑が必要なはずだ。私一人じゃ、さすがに無理だよ」

鷹央は泣きを入れる。まあ、たしかに基本的に引きこもりで、生まれたての子猫ほどの体力しかない鷹央にはきついかもしれない。

「あなた一人に押し付けるわけがないでしょ。私も一緒にやります」

普段の妹思いの優しい姉の顔に戻った真鶴に、鷹央は「姉ちゃん！」と目を輝かせた。

「僕も手伝いますよ」

僕の提案に、真鶴は胸の前で両手を振る。

「いえ、そんな。小鳥遊先生に手伝って頂くなんて、悪いですよ」

「気にしないで下さい。人数が多い方が早く終わりますから」

僕は拳で軽く胸を叩いた。せっかく真鶴にいいところを見せられるチャンスをみすみす逃すわけにはいかない。

「では、お願いできますでしょうか」

「もちろんです！」

「それじゃあ、四人で協力して、さっさと終わらせちゃいましょう」

真鶴は嬉しそうに、両手を合わせる。パンっという音が、部屋の空気を揺らした。

「四人？　三人じゃないんですか？」

「研修医の子が、鷹央がやるなら自分も参加するって言ってくれているんです」

小児科を回っている研修医？　嫌な予感をおぼえた瞬間、後ろの玄関扉が勢いよく開いた。

「お待たせいたしましたー！　ようやく仕事がひと段落したので、鴻ノ池舞、お手伝いに参上しました。鷹央先生と蜜柑狩りとか超楽しみです！」

天敵である鴻ノ池舞が胸焼けしそうなテンションでまくし立てるのを見て、僕は安易に蜜柑狩りに参加したことを、心の底から後悔したのだった。

「ほら、小鳥先生。そこ、そこの奥に大きな実がなっていますよ。取って下さい」

やかましく指示してくる鴻ノ池に、僕は脚立に乗りながら「うるさいな」とかぶりを振

る。

〝家〟をあとにした僕は鷹央、鴻ノ池とともに、さっそく蜜柑狩りにいそしんでいた。真鶴はさすがに普段のスーツ姿で作業はできないということで、着替えてからここに来ることになっている。

病院の裏手にある、入院患者や見舞客が散歩をするために作られた庭園。曲がりくねった遊歩道が通っているテニスコートほどの広場には、様々な植物が植えられていて、一年中、色とりどりの花を愛でられる。

僕たちは、遊歩道から少し奥に入ったところに生えている、三メートルほどの蜜柑の木

の前にいた。枝には数十個、艶やかな橙色をした、拳大の蜜柑の実がなっている。それをハサミを使って収穫していくのだが、思った以上の重労働だった。かなり密に枝が生えているため、掻き分けて奥にある蜜柑の実にたどり着くのもひと苦労だし、かなり高い位置になっている実も多い。不安定な脚立の上に立って手を伸ばさなければならない。

「暑いー、まぶしいー、溶けるー」

若草色の手術着姿に麦わら帽子という、なんともアンバランスな恰好をしながら、気怠そうに低い位置になった実の収穫をしている鷹央が文句を言う。たしかに、午後五時を回っているとはいえ、春の気の長い太陽はようやく赤らんできたところだ。気温もそれなりに高く、作業していると額に汗がにじんできた。

「チョコレートじゃないんだから、溶けたりしませんって。ほら、頑張りましょう」

僕がはげますと、鷹央はやけに湿度の高い視線を投げかけてきた。

「小鳥、お前、なんでそんなにうきうきしているんだ？」

「うきうき？　なに言っているんですか？　勤務時間外なのにこんなことしなくちゃいけなくて、うんざりしてますよ」

僕はあわてて目をそらすと、蜜柑の実に手を伸ばす。手のひらにかすかな凸凹がある瑞々しい外皮の感触が伝わってきた。

「いや、絶対にうきうきしている。そう言えば、お前、なぜか即決でこの蜜柑狩りを手伝うって言いだしたよな」

見なくても、いまも鷹央が日本の真夏の空気のような、じっとりとした視線を投げかけているのを感じる。

「……姉ちゃんだな」

「な、なんのことでしょう？」

もぎ取った実を腰に巻いたウェストポーチに入れながら、僕は上ずった声を上げる。

「お前、姉ちゃんの私服が目当てだな」

鷹央が言うと、鴻ノ池がわざとらしく、両手を口に当てた。

「わぁ、小鳥先生、いやらしい。むっつりスケベ」

「まったくだ。入院している子どもたちのイベントのための作業を、そんな不純な動機でするとは。恥を知れ」

鴻ノ池と鷹央に責められた僕は、大きく手を振った。

「いいじゃないですか、ちょっと期待するくらい。こんな日差しの中、必死に蜜柑狩りをしているんだから、少しくらい役得があってもいいでしょ」

「うわ……、開き直った」

鴻ノ池がドン引きした様子で言い、鷹央がこれ見よがしにため息をついた。

「あのなあ、何度も言っているけど、姉ちゃんは人妻だぞ」

「分かってます。別に真鶴さんに言い寄ったりするつもりはありません。ただ、私服の真鶴さんと一緒に作業するのが楽しみなだけです。それくらい許して下さいよ」

「別にいいけど、姉ちゃんはたぶん、お前が期待するような服装じゃないと思うぞ」

鷹央がそう言ったとき、少し離れた位置から「お待たせしました」という涼やかな声が聞こえてくる。

来た！　脚立に足をかけたまま、勢いよく振り向いた僕は、大きく目を剝いた。

「真鶴……さん……ですか？」

半開きの口から、呆けた声が漏れてしまう。そこに立っている人物が真鶴なのかどうか、すぐには判断できなかった。なぜなら、皮膚が露出している部分がほとんど存在していなかったから。

長いつばがついた黒い帽子から垂れ下がった布状のフェイスガードが、大きなサングラスをかけた目元を除く頭部全体を覆っている。Tシャツの袖から出た二の腕から前腕までをアームカバーが隠し、手には軍手がはめられていた。

「おお、完全装備ですね」

感嘆の声を上げる鴻ノ池に、真鶴（の声をした不審人物）は大きくうなずく。

「日焼けは美容にとって最悪よ。日光は憎むべき敵なの。鴻ノ池さんも三十歳を過ぎたら分かるわ」

鴻ノ池が「心しておきます」と答えるのを聞きながら、胸の中で膨らんでいた期待が、塩をかけられたナメクジのごとく萎んでいくのを僕は感じていた。

こんなことなら、蜜柑狩りなどせずさっさと帰ればよかった……。

そのとき、そばにいた鴻ノ池が「わっ」と小さな悲鳴を上げて飛びずさる。

「どうしたんだよ？」

「虫！　大きな虫がいたんです」

「虫？」

目をこらすと、葉の上で大きなアオムシが蠢いていた。

「ああ、アオムシだな。なんだよ、お前。虫が苦手なのか？」

「足がない虫って、なんだか気持ち悪いんですよ！　って、なんですか？　その『弱点見つけてやったぜ』みたいな、いやらしい笑い方は」

鴻ノ池が騒ぎながら僕を指さしていると、鷹央がてくてくと近づいてきた。

「これはアゲハチョウの幼虫だな。チョウの幼虫はきわめて偏食で、食草と呼ばれる決まった植物の葉しか食べない。そしてアゲハチョウの食草は蜜柑科の植物なんだ。しかし、かなり成長した幼虫だな。ここまでデカいのがいるとなると……」

鷹央は両手でごそごそと枝を掻き分けていくと、「見つけた！」と声を上げる。

「おお、ちょうど羽化するところだ。ベストタイミングだな！」

鷹央が指さす先では、枝に細い糸で支えられていた茶色いサナギが割れて、そこからアゲハチョウの成虫が必死に這いだしていた。

「あら、きれい。毎年、この庭園でアゲハチョウが飛んでいたけど、この蜜柑の木のお陰だったのね」

サングラス越しに羽化を眺めた真鶴が言う。

「葉っぱの上でもそもそと動くことしかできなかったアオムシも、成長すればこうして美しくなり、自由に飛び回れる」

鷹央は目を細める。

「この蜜柑の実をもらう小児科病棟の子どもたちも、病気が治って、大人になり、自由な世界へと羽ばたいていって欲しいものだな」

「鷹央先生、いいこと言いますね。それじゃあ、日が暮れる前にみんなで収穫を終わらせちゃいましょう」

鴻ノ池が声をかけると、鷹央は「そうだな」と微笑んだ。

サナギから完全に羽化したアゲハチョウは、その艶やかな羽を大きく動かすと、紅く染まりはじめた空に向かって飛び立った。

あとがき

この本を手に取ってくれてありがとうございます。作者の知念実希人です。

天久鷹央シリーズは、不思議な事件を、主人公たちが医学の知識で解き明かすミステリ小説です。

知っている人もいるかもしれませんが、僕は小説家をしながら医者もやっています。

さて、皆さん、お医者さんはどんなお仕事をする人ですか？

お薬や手術などで病気を治す人？

たしかにそうですね。けれど、病気を治す前にやらないといけないことがあります。

それは、患者さんが何の病気なのか調べることです。
これを『診断』といいます。

正しい『診断』をすることはとっても大切です。だって、なんの病気か分からなければ、どうやって治してあげればいいか分かりませんからね。
医者は患者さんの話を聞いたり、体を調べたり、検査をしたりして、『診断』をします。それって、不思議な事件が起きたとき、いろいろな人の話を聞いたり、現場を調べたりして、少しずつ事件の真相に近づいていく、名探偵のお仕事に似ていると思いませんか。

そんなところから生まれたのが、この『天久鷹央の推理カルテ』です。
この作品を皆さんが楽しんでくれたら、とても嬉しいです。

この作品は、『天久鷹央の推理カルテ　完全版』（実業之日本社文庫／二〇二三年一〇月）より、「泡」「蜜柑と真鶴」をジュニア向けに一部表現を改め、漢字にふりがなをふり、読みやすくしたものです。（編集部）

猛毒(もうどく)のプリズン
天久鷹央(あめくたかお)の事件(じけん)カルテ

計算機工学(けいさんきこうがく)の天才(てんさい)、九頭龍(くずりゅう)零心朗(れいしろう)が何者(なにもの)かに襲撃(しゅうげき)された。断絶(だんぜつ)された洋館(ようかん)で繰(く)り広(ひろ)げられる殺人劇(さつじんげき)。容疑者(ようぎしゃ)は、まさかの……？

シリーズ第(だい) 17 弾(だん)！

絶対零度(ぜったいれいど)のテロル
天久鷹央(あめくたかお)の事件(じけん)カルテ

九月(くがつ)の熱帯夜(ねったいや)、緊急搬送(きんきゅうはんそう)された男(おとこ)の死因(しいん)は「凍死(とうし)」だった。天久鷹央(あめくたかお)は真相(しんそう)に迫(せま)るが、それは日本全土(にほんぜんど)を揺(ゆ)るがす大事件(だいじけん)の序章(じょしょう)で……。

シリーズ第(だい) 16 弾(だん)！

天久鷹央の推理カルテ

ジュニア版 カッパの秘密とナゾの池

2024年12月20日　初版第1刷発行
2024年12月23日　初版第2刷発行

著　者　知念実希人　装画　いとうのいぢ　挿絵　一束

発行者　岩野裕一

発行所　株式会社実業之日本社

〒107-0062　東京都港区南青山6-6-22　emergence 2
電話（編集）03-6809-0473
　　（販売）03-6809-0495
ホームページ　https://www.j-n.co.jp/
小社のプライバシー・ポリシー（個人情報の取り扱い）は
上記ホームページをご覧ください。

DTP　ラッシュ

印刷所　大日本印刷株式会社

製本所　大日本印刷株式会社

ISBN978-4-408-53868-6（第二文芸）